PLACE DE LA

Ludwig Bemelmans

# MADELEINE

les lutins de l'école des loisirs
11, rue de Sèvres, Paris 6ᵉ

Traduction : Christian Poslaniec

ISBN 978-2-211-02156-2
Première édition dans la collection *lutin poche* : septembre 1985
© 1985, l'école des loisirs, Paris, pour l'édition en langue française
© 1939, 1967, Ludwig Bemelmans
Titre original : « Madeline » (Simon and Schuster, Inc., New York, 1939)
Loi numéro 49 956 du 16 juillet 1949 sur les publications
destinées à la jeunesse : septembre 1985
Dépôt légal : mai 2020
Imprimé en France par Aubin Imprimeur à Ligugé

À Paris, dans une vieille maison
aux murs recouverts de vigne,

vivaient douze petites filles.

Sur deux rangs, elles déjeunaient,

se brossaient les dents

et puis se couchaient.

Elles souriaient quand il convenait,

se renfrognaient s'il le fallait

et à l'occasion s'attristaient.

À neuf heures et demie,
elles partaient se promener
parfaitement en rangs

sous la pluie

ou par beau temps.

C'était Madeleine la plus petite.

Elle n'avait pas peur des souris;

elle aimait la glace, la neige, l'hiver gris.

Au zoo le tigre rugissait
mais Madeleine s'en moquait

et nul ne savait comme elle
faire peur à Miss Clavel.

Au beau milieu d'une nuit,
Miss Clavel allume et dit :
« Mais j'entends quelqu'un qui crie ! »

Madeleine, dans son lit,
les yeux rouges, pleure et gémit.

Appelé, le Docteur Donne
se rue sur le téléphone,

fait Danton 22 18 ;

« C'est pour une appendicite ! »

Et tout le monde de s'inquiéter.
Et tout le monde de sangloter.

Le médecin, dans ses bras,
porte Madeleine en bas.

Et l'ambulance l'emporte.
Dans la nuit son feu clignote.

En s'éveillant vers sept heures,
Madeleine voit des fleurs.

Bientôt elle a le droit de boire et de manger
dans son lit à manivelle qu'on peut redresser.

Une fissure au plafond fait un dessin
qui parfois ressemble bien à un lapin.

Avec les arbres, les oiseaux et le ciel clair,
deux semaines passèrent comme un éclair.

Un beau matin, Miss Clavel dit :
« Quelle belle journée aujourd'hui !

Allons rendre visite

à Madeleine, bien vite.»

VISITES DE DEUX À QUATRE
précise la pancarte.

Une fleur à la main et fort intimidées,
elles entrent dans la chambre sur la pointe des pieds.

Elles s'esclaffent toutes ravies
de voir cadeaux et gâteries
que son père lui a remis.

Mais leur plus grande surprise
c'est de voir *sur son ventre*
*une cicatrice !*

« Au revoir », disent-elles, « nous reviendrons »,

et sous la pluie elles rentrent à la maison.

Après avoir dîné,

s'être brossé les dents,

elles vont se coucher.

Au beau milieu de la nuit,
Miss Clavel allume et dit :
« Mais j'entends quelqu'un qui crie ! »

Craignant un nouveau désastre,

Miss Clavel vite, vite,

se précipite,

et dit : « Voyons, mes enfants,
qu'est-ce qui vous trouble tant ? »

Toutes les petites filles crient :
« On veut être opérées aussi ! »

« Dieu merci, c'est inutile !
Bonne nuit, petites filles !
Maintenant soyez gentilles !»
Miss Clavel éteint la lumière…
Elle referme la porte…
retourne dans son lit…
et l'histoire finit ainsi.